허남준 제4시집

산행

국립중앙도서관 출판시도서목록(CIP)

산행 : 허남준 제4시집 / 지은이 : 허남준. -- 서울 : 한누리미디어,
2009
   p. :   cm

ISBN 978-89-7969-334-8 03810 : ₩8000

한국 현대시〔韓國 現代詩〕

811.6-KDC4
895.714-DDC21   CIP2009001075

허남준 제4시집

산행

한누리미디어

산이 깊고 골이 깊은 곳에 맑은 계곡 물이 쉬지 않고 흐르듯 세월은 멈춤이 없고, 시간이 흘러 갈수록 변화무쌍한 것도 그리운 세월에 묻어 흐르는 것 같다.

따뜻함과 희망이 솟아나는 시절.

인연이 많은 새싹들이 하늘을 향하여 솟아오르게 하고, 꽃들이 잠에서 눈을 뜨고, 벌과 나비가 소리 없는 소리로 귓가에 맴도는 계절!

세 번째 시집《달빛마저 비켜 간 금호강》에 이어 6년만에 네 번째 시집을 상재하지만 뒤돌아보면 한 생각이 잠시 가슴에 멈출 때도 있다.

그동안 틈틈이 모아온 작품이지만 이러한 작품들이 빛을 보게끔 출판에 일부 협조하여 주신 대성사 주지 법안 스님에게 다시 한 번 감사드리며, 끝으로 허공의 구름처럼 걸림없이 머물다 떠나는 인연의 씨앗이 열매 맺어 흐르길 바라면서……

2009년 4월

삼성산방에서

차례 | 허남준 제4시집 · 산행

제1부 _ 산행

제2부 _ 산사에 이는 바람

제3부 _ 봄이 오는 길목

제4부 _ 가는 세월

제5부 _ 통일전망대

제 1 부 _ 산행

산행 · I

보랏빛 먼 산
기적없이 저무는데
산문(山門) 앞
송백(松柏)과 이끼 푸른 바위 옆
여기저기 풀벌레 울음 소리도 구슬퍼진 가운데
고독이 깊게 쌓여만 가는구나

풍경마저
숨소리 멈춘 산사
버팀목이 된 노송 가지 위
살포시 날개 접고 있는 솔새
공산(空山)의 적막 속에
끝없는 인고의 세월을
바람 따라 보내려 한다

산행 · II

산을 오르다 보면
먼 산야에 주름진 골짜기
보랏빛처럼 가득히 넘쳐 흐르는 세계
스스로의 깊이를 알아 차리게 한다

높이 오를수록
거암(巨岩)이 묵언한 자세로
잠들어 있는가 하면
갈라진 골짜기
세월 따라 바람이 흐른다

화강암 겨드랑을 파고드는
계곡물은
무수한 출혈을 감수하면서
흘러가는 강물의 슬픈 노랫가락 따라
큰 돌은 큰 돌끼리
작은 돌은 작은 돌끼리
모래는 모래대로 각자
자기 분수에 어울려
그들의 세계를 이루어 간다

너나 없이 비탈진 언덕에 붙어
주름진 노송은
가는 세월의 아픔을 안고
담담이 살아온 언약의 이정표처럼
마디마디 사무치는 그리움이여

산행·Ⅲ

울컥울컥 속으로 삼켜 버린
짙붉은 나뭇잎이 불타는 계절
머언 시야의 그림자 넘치는 허공에
가다듬어 보다가 쓸어 보내려는
아픔의 몸짓이 떨어지고 마는 잎들은
휘감아 도는 바람 속에 아픈 울음을 토하고
겨울이 오는 길목에 서 있는 낙엽은
메마른 몸짓으로 섞바뀌는 계절의
빛을 담아 보내고 있다

밤 하늘 가득히 비추어지는 달빛은
가슴을 씻어 내리는
회상의 추억처럼 돌아가고
세월 따라 허물어져 가는 풍경은
멀리서 불어오는 바람소리에
그리움만 더해 가는 무상함을
세월의 발자국 소리와 함께
스쳐가는 계절

달밤

깨어나지 못한 어둠 가운데
창백한 달빛은
계수나무 그늘에 가리워
자욱한 수묵 사이로
깊어만 가는데…

한량없는 우주 속
무수히 쏟아져 내리는 별빛과 달빛
여린 목숨들이 비집고 돋아나는 풀잎 사이
야윈 울음을 토하는
풀벌레 소리도
달빛에 녹아
더 한층 구슬퍼진다

어둠이 깊어 갈수록
영롱해지는 가로등의 불빛도
머리 숙여 눈물 빛 기도를
퍼 올려 주려는 마음
어스름한 달 그림자에 가리운 채
하염없는 생각 사이로

천추(天秋)에 하늘 땅을
묵비(默秘) 속
비추려 한다

보름달 빛

만월(滿月) 속 물결
대원경(大圓鏡)에 반사되어
돌장승이 빛을 내는구려

팔월(八月) 뜨락
녹음 속 뻐꾹 소리 듣다 보니
시월(十月) 단풍처럼
붉은 것 몰라보고
번민 속 사로잡혀
허허로이 있는 동안
서산에 걸린 달은
어두운 밤 밝게 빛나
세월에도 초연하도다

추억

내가 자란 시골 초가집 앞엔
실개천 물 흐르고
서산에 해가 넘어 갈 무렵
논두렁 사이로 개구리 풀벌레 울음소리 들으며
둥근 달은 어느덧 푸른 하늘 아래
흰 구름과 노닐고 있다
마당 가운데 멍석자리 펴 놓고
가족들과 된장 쌈밥 싸 먹고
삶은 감자랑 수박이랑 먹으며
무더운 여름을 느껴 본 적 있는지
마당 한쪽엔 모닥불은 흰 연기
머리 풀며 바람 따라 솟아오르고
철없는 나는 모닥불 주위를
맴돌며 놀아 본 추억의 회상
점점 사라져 가는 기억은 세월에
묻어 갈 뿐이다

어머님

어머님 고요히 잠드시는 날
파릇파릇한 푸른 잎
지나온 세월을 떠올리며
그리운 고독으로
바람에 사연을 듣고 있답니다

세월의 뒤안길을 홀로 보고 있는
밤하늘의 고향집을 비치는 별빛도
떨쳐 버리지 못한
이별의 사연을 회상하지만
그 어떤 형상으로
드러낼 수가 없는
어머님 사랑은
하염없는 푸른 허공에 서도
지울 수가 없답니다

백암산 · I

찬 바람 매섭게 불어오는 북서풍에
머뭇거리던 구름이 지난 아픈 상처를
가슴에 품고 있는 백암산
태어남과 죽음을 버리고 조국을 지키다 간 혼령들
이 겨울 창공에 잔설의 눈이 되어
하늘을 향한 높은 고지마다 하얗게 내린다

휴전선 철조망 넘어
멀리 보이는 북녘 땅엔 침묵만이 감돌고
수십 년을 속절없이 흐르는 북한강은
전쟁이 스치고 간 지난 세월을 잊는 듯
유유히 흐르기만 하고
형체 없는 가련한 영혼들의 한숨이
바람에 실려 더욱더 차가워지는 흰눈 속으로
다가오는 정의, 자유, 불꽃
심어진 백암산 높은 고지마다
바람이 멈추고 있는 사이
검은 구름이 걷혀 햇살이 비치고 있지만
더욱더 서럽고 애처롭게 느끼는 마음은
무겁기만 하다

백암산 · II

가을 산
안개 바다에 떠 있는 백암산
철책선을 따라 능선을 향했다
가끔 들려오는 대남 방송 소리는
듣는 이로 하여금 마음을 무겁게 하고
휴전선을 따라 서 있는
보초병 눈빛은 강렬함이 묻어 흐르며
오르다 내리고 또 올라
북녘 하늘 향한 뻐꾸기 울음이 들리는 곳
산 정상 고지에 잠시 멈추니
갖가지 망상들이 바람 따라 흩어진다

서늘한 비무장 지대를
감아도는 북한강 상류 강물은
전쟁이 스치고 간
지난 세기 아픈 상처는
흐르는 세월에 묻어 두고
남쪽으로 흐르는데
가을 산 나뭇잎들은
회한을 아는지

붉게 물들인 단풍잎이
낙엽으로 하나 둘 떨어질 때
조국을 지키다 산화한
장병들의 발자국 소리에
지나가는 바람도 탄식하듯
잠시 숨을 멈춘다

사량도

남해 쪽빛 바다
아늑한 수평선 위에 놓인 땅이
상도와 하도로 부르는 사량도 섬
바닷물이 흐르는 해협을 가운데 두고
형제 섬이라 부르며
비릿한 갯내음 풋풋한 땅에
살아가는 섬사람들의 고요함이
잔잔한 파도 속에 묻혀 흐른다

상도 중심부에 자리 잡은 지리산 불모산
등산객의 마음을 사로잡게 하고
불모산 옥녀봉에서
바라보는 남해 바다는
넓고 검푸른 수평선 위
작은 섬들이 하나 둘 떠 있고
간간이 지나가는 어선들은
바다를 하얗게 가르며 지나가고
세월에 묻어 흐르고 있는
섬사람들의 그리움은
천연 바다 향기에 젖어
꾸밈없는 잔향이 넘쳐 흐르고 있다.

풍경 소리

세월 이고 지쳐 누운 산사
좁은 가슴 흔들어대는 풍경 소리
천년의 향기 다독이고
기다리지 않은 세월 소리에
쉬지 않고 흐르는 계곡 물은
그리움만 잊으라 하고
메아리 되어
끝없이 흘러만 간다

휘영청 달빛 타고
빈 가슴 파고드는 풍경 소리
손짓할 수 없는 마음을
일깨우려 하고
아무런 소리 없이
비춰진 제 모습만 들여다보라
하신 작은 불심(佛心)은
미소로 화답하려 하신다

불국사

구곡이 감아 도는 토함산 자락
불국사 대웅전 앞마당
석가탑 다보탑은
옥처럼 은은한 차가운 빛이 감아 도는데
세월에 가는 길목에
묵언한 자세로
지켜보고 있는 노송들은
저마다 사무치는 사연을 가슴에 담아
서산에 넘어가는 햇빛에
붉게 물들이는 구름에 묻어 보내는
그리움

태고(太古)적 세월 저 쪽에
오고 있는 수레바퀴는
영원의 깊은 곳으로
흐르고 있는 길목에선
부처님은 말이 없고
청운교 백운교 위에
흰 구름 한두 송이
참배하는 이로 하여금

가슴 속에 스며드는데
천년 후 누구라 말할 수 없는 세월이
바람이 소매를 부여잡고
울먹이는 천년 고찰 역사여

불갑사

천년을 숨겨온 불갑사 대웅전
빛 바랜 단청 빛
여래(如來) 묘법(妙法)이
아득히 숨어 있어
눈앞에 먼 빛으로 가슴에 안긴다

아득히 밀려오는 불갑산 자락
바람이 우수수 솔 향기 뿌리며
세월의 무상함을 알리는
옛 선사님의 부도탑
가슴에서 가슴으로 法을 전하며
한 시대의 마지막
생명의 본연을 깨닫게 하는구나

부처님 오신 날

개울물 맑게 흐르는 산사
저마다 소원을 갖고
밝힌 등불은
자비의 빛을 북돋우는
산들바람 속
향기로운 회향심이 묻어 흐른다

햇살의 무늬 깔고 향내음
흐르는 도량
스님들 염불 소리 목탁 소리
합장하고 발원하는 불자들
가슴에 묻어둔 소망의 불을 피우고자
엎드려 절을 하며
참회의 땀을 녹이고 있구나

극락(極樂) 이야기

모든 것 가슴에 품고 넘어가는 석양 노을빛 속
서방정토 세계를 바라보는 영혼들은 영원히
가고 싶은 님들의 욕망
그래서 중생(衆生)들은 生과 死가 있기 때문에
참회의 기로에서 번뇌를 끊고자 하는지 모른다.
조용히 눈을 감는 자 괴로움을 느끼는 자 모두가
각자 가고자 하는 소망의 길은 무엇인가?

자비의 씨앗을 뿌리는 중생의 마음은
고통과 근심에서 벗어나는 기로 앞에
나서지 않는 것은 무엇인지?

이승이 있기에 저승이 있고
지옥이 있으면 극락이 있고
기쁨이 있으면 슬픔이 있고
높은 곳이 있으면 낮은 곳이 있는 법
고통을 덜어주고 기쁨을 심어주는
원력의 사랑이 있기에 자유롭지 못한 마음이
끝없는 대해(大海) 속
돌고 돌아 가는 윤회의 기로에
어쩌면 모두 상대적인 것 아닌가

제2부 _ 산사에 이는 바람

산사(山寺) · I

개울가 들국화 피는 계절
구름에 길을 물어
산사(山寺) 앞에 와 서니
가슴에 물을 들이는 단풍 잎
한 잎 두 잎 지고 있는데
외로움을 달래고
세월을 눅이고 있는 노송
비어 있는 하늘을 바라보며
아픈 묵도를 하고 있다

솔향기 여유로운 계곡
헤어짐을 기약치 않는
맑은 물소리
욕심도 무심(無心)으로 털어내며
지체할 줄 모르는 세월 앞에
몸부림치는구나

산사(山寺)·II

티끌세상 잊어져 가는 산사(山寺)
좁은 가슴 흔들어대는 풍경소리
속절없이 경청하는 노송(老松)
아득한 꿈결 발치에서
울음을 흘리지 않으려 한다

무수히 쏟아져 내리는 별빛
계곡 물소리에 어리어
만상(萬象)의 한 폭 그림으로
자리 매김하러 들고
공산(公山)의 적막 되어
울어대는 귀뚜라미 소리
슬픔으로 사무쳐
영영 지울 수가 없구나

산사(山寺)·III

물안개 묻어나는 자욱한 산사 거리
그리움에 젖어 하염없이
혼자서 풀어내는 긴긴 사연은
끝없이 펼쳐지는 푸른 잎 사이로
조용히 멀어지는 주인공입니다.

아득히 밀려오는 고독
외로운 나무들 숨소리에 놀라
영롱한 이슬이 하나 둘 떨어지는 순간
산새 한 마리가
법어를 토하면서 사라진 사연
맑은 솔바람이 깨닫고 화답한다.

화악산(華岳山) 적천사 · I

무수히 별빛이 쏟아져 내리는
적천사 무차루에 앉아
여름밤 파란 하늘을 바라보노라면
깊어가는 밤하늘에
침묵의 밤을 밝히고 있는 보름달은
아득히 떠오르는 그리움이여

잠든 고요를 일으키는
형체없는 솔바람 소리에
흔들리는 솔숲 가지는
부질없는 세상 일에 젖어든
탐욕도 미움도 무심(無心)으로 털어내며
시름없이 바라보는 화악산 노송들은
산곡(山燭)의 내음을
가슴으로 스며들게 하고
빛과 흐름의 역사 앞에
애달프게 사무치는
풀벌레 울음소리도
세월의 아픔만큼 구슬퍼진다

화악산(華岳山) 적천사 · II

엄연한 역사의 자취로
남아있는 적천사
흐트림 없이 천년을 이어온 대웅전
낡은 단청 빛깔은
세월의 발자욱 소리를 듣게 됩니다.

비켜온 굽이마다 쓰러져 간 가람터
저마다 하늘로 솟아오른 풀들은
그리움으로 가득하고
화악산 노송들은
허허 텅 빈 하늘을 바라보며
아늑하게 저물어 가는
석양에다 붉게 물들이고 있다.

무차루에서 바라보는 밤하늘에
비쳐지는 보름달은
텅 빈 가슴 속에
쏟아 부어 흐르는 세월에 젖어
하염없이 지내온 길은
나를 앞질러 비켜 가려 하고

제 목소리 메아리도 들리지 않는 이 밤
별들은 제자리에서 빛나고
노송의 가지 끝에 비춰지고 있는 흰 구름은
휘영청 달빛에 녹아 흐르고 있다.

화악산(華岳山) 은행나무

하늘이 차츰 가라앉아
어둠 사리가 끼이는데
적천사 사천왕 문 밖에 있는
수령 팔백년이 넘은 은행나무
세월의 발자국 소리에
부질없는 과거를 지우고자
무수히 몸부림치는 흔적이
마디마디 뻗어 나가고 있다

비어 있는 하늘을 향해
뻗어가는 은행나무 가지
섞어 바뀌는 계절에 걸림없이
감아 도는 솔바람 소리에 귀 기울여
사랑을 속삭였다는 한 쌍
말보다 진한 진실이 있는 길목에 뿌리내려
암울한 역사의 적천사 도량을 지켜보며
산그늘이 내리는 하루를 저무는 해와 함께
그리움으로 몸부림치는구나

기도

맑은 계곡 물 소리
깨끗한 바람
상큼한 공기에 젖어
풀벌레 울음도 멈춘 새벽 산사
법당에 촛불 밝히고 향을 사루며
두 손 모아 합장하고 하루를 시작하는
예불 소리는
은은한 달빛 아래
수행자의 길을 꽃 피우게 하고 있다

무수히 반짝이는 별빛 아래
울려 퍼지는 목탁 소리는
새벽 잠을 일깨우고
머리에 세월을 이고
쉼 없이 공부하도록
울어대는 풍경 소리는
한 줄기 빛을 향하여
가슴 깊이 파고 든다

구인사(救仁寺) 가는 길 · I

소백산(小白山) 연화봉 아래
법운(法雲)이 감아 돌고
푸르름 짙은 잣나무 숲 속
풀벌레 울음소리 듣노라면
밝고 깊은 지혜로
부질없는 과거를 지우고자
생명의 본연을 깨닫게 한다

한 줄기 내닫은 폭넓은 남한강변
물안개 자욱히 피어 흐르고
강 자락 절개는 바위로 굳어
물새들의 쉼터가 되어
흐르는 물줄기는 구곡이 감아 돌아
하염없이 한강으로 찾아 흐른다

파란 하늘 아래
정상을 바라보며
보발재 넘어가는 승용차는
지난 세월을 뒤돌아보게 하고
구인사 일주문이 가까워 오면

업보의 죄값을 녹이는
간절한 관음정진 염불소리에
참회의 눈물 빛이
참 생명의 불꽃을 피우고 있다.

구인사(救仁寺) 가는 길 · II

겹겹이 병풍을 이뤄낸 소백산 자락
구름장 비킨 밝은 달빛
소스라치게 묻어 버리지 못한 그리움
가물거리는 공산(空山)의 적막이여

소리 없이 울음을 토하는 남한강
푸른 하늘 아래 몸부림치는 강변도로
산자락을 품에 안고
한숨을 몰아쉬는 승용차
간혹 사자후 같은 법문을 토하는 대자연의 소리
모두가 진정 오르고픈 발원일 따름이다

설레이는 바람은 잠을 모른 체
귀 밝은 가랑잎 등을 밀면서
떨쳐 내지 못하는 화답은 모른 체
무심으로 돌아가
무심(無心)에서 기도하라는
큰스님의 법문
허공을 맴도는 법 향기가
오늘도 사르르 휘감기는 바람 따라
하늘 가득히 넘쳐 흐르는 빛보라로 변하는 듯하다.

구인사 조사전(救仁寺 祖師殿)

소백산 연화봉 아래
하현달이 받쳐주는 소나무 숲속
자리잡은 구인사 조사전
상월(上月) 조사 법음 소리에 놀란 아기바람이
옷소매에 기어든다

비낀 볕살이 서산을 넘어 갈 때
자작나무 어린 잎이
바람결에 춤을 추고
간절한 소망으로 정진하는 넓은 도량
깨닫지 못한 중생의 염원에
화답이라도 하듯
인연에 매달려
울음 터뜨리는 풍경 소리는
세월과 더불어
때가 되면 다 절로 가는 건데
중생의 여백에
불심을 가꾼다

관문사
― 306 보충대 법당 낙성식을 보고

짙푸른 산이 모여 숨을 쉬는데
그 숨결 따라
자리 잡고 있는 아늑한 관문사
동참하는 장병들
생각 따라 마음이 흐르는
지혜로운 인연 따라
합장하고 흐르는 참회의 눈물 빛이
사나이의 가슴에 젖어
그윽한 향기로운 향훈이
허공계에 전할 때
부서지는 달빛의 아픔도
천천히 가라앉고 있구나

실핏줄 같은 인연의 아픔도
어둠으로 채우려는 마음도 아닌데
그리움이 남아 있다는 것은
맑은 솔바람이 어루만지고
마음이 흐트러지지 않으면
그런대로 부처님 인연 속에 있다는
법사님 법어

장병들은 합장하는 순간
이슬 같은 영롱한 눈물은
푸른 제복에 젖어들어
오늘도 서녘 하늘에
붉게 물들이고 있구나

달성사

* 강원도 정선 사북에 있는 사찰

용틀임 트는 태백산맥 줄기
검은 보석의 땅 정선 사북
백운산 자락 자리 잡은 달성사
향기를 거느린 먼 산봉우리들
산사(山寺)를 포근하게 감싸 안고
중생들 인연 따라 가기를
염원하는 기도 도량으로
사바세계 흐름을 지켜보고 있는 듯하다

법당 옆 용의 입에서 뿜어 나오는 용천수는
목마른 참배객의 청량 음료가 되고
저마다 사무치는 염원의 관음정진 염불 소리에
자비로운 부처님은
밤이면 쏟아지는 별빛으로 화답하며
생각이 깊어가는 중생들 가슴마다
아픈 세월을 씻어내는
참회의 눈빛은
오늘도
신령한 씨앗 넘치는 햇볕
새싹이 솟아 오른다

오대산 적멸보궁

다섯 봉우리 함께 이룬 큰 산
영겁의 세월 속
산하(山下) 대지(大地)가 고개를 숙인 채
잔잔히 내려 쓸려 가는 바람은
스스로 깊이를 알아차리게 한다

아득한 꿈결 속
어둠 밝히는 보궁
고요한 동산의 솔향기 속
목멘 그리움으로 합장하는 불심
각양 각색으로 피어 오른다

옥빛 하늘 펼쳐진
푸른 공간 속
욕심도 성냄도 모두 벗어놓은 시간
나를 찾는 구도의 길
가고 오고 있는 숨 소리 사이에
신선의 눈빛이 녹아 내리듯
이슬 같은 눈물
세월 따라 흩어진 구름이 모이듯
빈 하늘 파아란 나의 열반(涅槃)을 그린다

새벽 산사

노송도 잠들다 깨어난 새벽
도량천수(道揚千手) 염불소리
적막을 깨는데…

번뇌의 길목
불타의 자비는 미소로써 화답하는 것인가!

달도 저문 이 새벽
밤새 울던 풍경 소리도
잠시 멈춘 산사
인연의 아픔을 안고
예불 드리는 산승의 발원은
촛물처럼 녹아 내린다

법당 안 부처님 앞
피어오르는 향불은
빈 가슴을 휘젓고
자기 몸을 태우는 촛불은
사바세계 어둠을 비질하고 있다

사자산(獅子山) 법흥사 적멸보궁

천년 역사를 간직한
가람은 간 곳 없고
허물어뜨릴 수 없는 불법 도량은
그리움의 신화로 간직한
새로운 법의 향기가
사자산 바람결에 사무치는구나

엄연한 법의 도량 적멸보궁
휘청이는 풍경으로 비켜선 노송들
저마다 슬픔이란 슬픔을
가는 세월에 묻어두고
엉키었던 뿌리는 마디마디 굳어진 채
참배객의 계단으로 다져지고
사자산을 휘감아 스치고 가는 바람 따라
밀려와 부서지는 세월이여 역사여

금강산(金剛山) 건봉사(乾鳳寺)

천년 역사를 간직한 넓은 도량
전쟁이 스치고 간 상처에 소멸(燒滅)되고
염연한 자취로 머물다 없어진 터에
복원된 사찰은
참배하는 이로 하여금
가슴 속 분노의 응어리에
마음을 놓지 못하고
그리움의 옛 모습은 멀리만 보인다.

미복원된 가람(伽藍)터에
이름 모를 풀들은 역사의 표적으로
솟아오르고
세월을 모질게 이겨낸 불이문(不二門)
옛 모습 그대로 남아있는 유일한 건물
자꾸만 멀리서 갈라져 오는 소리
어둠에 묻히고 갈 뿐이다.

복원하다 허물어진 능파교(凌波橋) 옛터
옛 모습 갖추어도 메마른 계곡
그림자만 떨구어 멀어져 가고

보이지 않는 기억은 찾을 수 없이
남은 터에
무심히 드리우는 흰 구름에 물을 뿐이다

불이문(不二門) 밖에 있는 부도탑
포말처럼 부서지고 솟구치는 전쟁 속에도
의연이 위치하고
사원(寺院)을 가람하고 지킨다는
조사(祖師) 스님들은 뒤돌아 보면
역사의 인물로 전하고
세월의 숲속에서 기척 없이
불어오는 바람결에 쓸려 간 그리움이
하늘 가득이 넘쳐 흐르는 빛보라로
녹아내린다

우면산 대성사

호젓한 숲속 인연의 고리에 맺어
중생들 아픔을 보듬은 도량으로
맑은 솔바람 향기가 흐르는 법당 안
저마다 가슴에 담아온 소원을
두 손 모아 발원하는 불자들

법안스님 독경 소리에
지나온 수많은 세월에 젖은
업보의 번뇌가 허공 속에 사라질 때
관음보살 자비의 손길이
옷소매에 젖어 흐르는구나

이 세상 살다가 지치고 힘들 때
무거운 짐도 내려 놓으라 하시고
티 없이 잔잔한 미소로 화답하시는 부처님
영혼의 소리가 숨결처럼 흘러들 때
나뭇가지 위 산새가 잠시 눈을 감고
생각에 잠기는구나

제 **3** 부 _ 봄이 오는 길목

봄이 오는 길목

햇살은 풀밭을 물들이고
개나리 진달래 망울진 가지에
새들이 지저귀는 대화 속
개울 물 졸졸 흐르는데…
아지랑이 먼 산야엔
연초록 잎들은 머무름 없이 솟아오르고
꽃향기 풀 냄새 은은한 계절
산등성에 오르면
바람은 꽃샘바람
가슴으로 스며들며
오늘도
하늘 저쪽에서 오고 있는 발자국 소리
봄이 오는 길목은
자연과 인간이 서로가 서로를
만남의 인연에 맺어진
그리움의 봄은 물관을 타고 오른다

봄은 바람을 타고

겨우내 잠을 자고
개구리가 깨어난다는
경칩이 지난 지가 수주일 후
검은 구름은 하늘을 가리고
바람 불어 백설이 휘날리니
한겨울보다도 더 추웠다는 영하 6도
사람들은 추위에 떨며 몸을 움츠리고
대지는 얼었다 녹았다
바뀌는 세월을 느끼며
봄이 오는 길목
남새밭 언덕 비탈에 솟아오른 냉이가
시장에 풍성스럽게 입맛 돋구게 하고
매화 목련 피었다는 남도 소식에
봄은
여인의 가슴에 귀를 모으면
가늘게 들리는 소리
꽃바람 타고 날라다준다

봄날

양지(陽地) 바른 땅
바람 타고 부풀어 오르는 새싹 잎
눈을 부벼 뜨느라 부산한데

앞을 분간하지 못한 안개
세월의 바람이 지나가면
허허롭기 그지없는 산천초목
햇살들의 몽롱한 어지러움에
고독을 씹는다

지상의 허물을 털고
높이 떠 지저귀는 새들의 대화 속
지나온 세월을 잊으며
흐드러진 봄의 비밀은
가슴 속으로 간직하며

꽃사과 꽃

바람은 꽃샘바람
APT 창문 밖 정원
노오란 산수유가 기지개를 켜고
부산한 날갯짓을 하는 풀잎은
허공으로 휘말려 포름포름
봄이 왔는데…

한꺼번에 몰래 핀 하얀 꽃잎
면사포를 쓴 신부인 양
눈부시게 자태를 드러내고
이른 아침
설레는 마음
부드러운 숨결 가슴으로 파고 들면
아름 아름
눈을 떴다가 감았다가

여름 밤

솔바람 소리에
깊어 가는 여름밤
하늘에 몇 점 구름은 세월을 눅이는데
외로운 별들은 감당할 수 없는
쏟아지는 빛으로
부질없는 과거를 지우려 하고
푸른 잎 옆에서
잠들지 못한 풀벌레 울음도
생명의 본연을 깨닫게 한다.

난

파릇한 푸른 잎은
욕망을 털어내니
미소짓다 피어난 꽃망울엔
전단향을 뿌리는 듯
숨겨도 비어져 나온 꽃잎마저
젊음의 기백도 흐트러 버린다

눈물겨운 한 세상
명멸의 외로움이
영겁도 찰나도 뿌려진 순간
그리움의 푸른 마음은
가냘픈 몸매로
짙은 향을 토해낸다

작약 꽃

뜰앞 홀로 핀 작약 꽃
향훈 넘치는 허공에
못 다한 사랑을 베풀고
부드러운 바람에 고개 흔들며
가슴 조이는 행복에
생각만을 더해가고 있구나

평화로운 웃음
해맑은 얼굴
황홀한 사랑으로
이른 아침 눈물로 쏟아질 때
그리움의 소리가
바람이라 합니다

가을에는 귀가 열린다

새파란 영혼의 숨소리도
들리지 않는 계절
은행잎은 보도 블록 위를
노랗게 물들이고
세월에 지나가는 바람 소리에 놀라
우수수 떨어지는 잎들은
메마른 몸짓으로 마구 휘날렸다
추억의 그림자도 되지 못하고
떠나가는 계절에 따라 나선 나는
흐르는 세월 속 가슴앓이로
울먹이는 바람 소리가
한 생각을 돌이켜 보게 하고
바람결과 속말을 나누는
떡버들 개울가에 들국화 향기도
노을 속으로 날려 보내는 낙엽들 속에
무엇이라 말을 붙여야 할지
흔들리다가 휘젓는 손길이 보이는
마지막 남은 단풍잎에
귀를 기울이면
혼이 흐느끼는 숨소리조차
차가워지는구나

가을이란 계절

들판은 황금물결
하늘은 말갛다
인연의 가지에서 뿌리로 돌아가는 원점
서로가 서로를 울며 떨어지는
단풍잎 하나 둘
개울물 소리에 몸을 던져 흘러만 가는데
추억과 회한을 찾아 나선 나는
산책로를 따라 걸어 보지만
바람이 얼비치는 말귀를
알아들을 수 없고
허공에 나부껴 날아온 낙엽은
메마른 몸짓으로 내 눈앞에 떨어지며
이렇게 오고 가는 것인가
따뜻한 햇빛에 타 들어가는
가을이란 계절은
생각하기에 따라
눈물 빛 이슬이 맺혀
슬픔이란 생각이 들 때가 있다

가을 · I

산이 부르는 소리에
비낀 볕살이 서산을 넘고
우뚝 솟은 먼 산이 붉게 물들인 골짜기마다
어둠이 찾아들면
달빛 머금고 부서지는 소슬바람 소리에
남아 있는 흔적들은 그리움이 되고
물 그림에 곱게 번지는 들국화 향기는
하늘에서 불어오는 바람 따라
멀어져 가는데
사방에서 들려오는 풀벌레 울음 소리
애절한 가락이 되어
메마른 가슴에 고뇌를 새김질하며
세월의 발자국 소리에
가을 강을 건너면
인생이란 생각하기에 따라
허무하다는 생각이 든다

가을 · II

맑고 찬 서리가 내리는 계절
가지 끝으로 불어오는 바람은
강가에 하염없이 서 있는 갈대 풀꽃을 눕히며
고뇌의 번민을 벗으려 하고
산끝마을 어귀에 서 있는 감나무는
가지 끝이 휘어지도록 매달려 있는
붉은 감은 보는 이로 하여금
마음을 풍성스럽게 느껴지곤 한다
이별하는 가을바람에 취하여
낯 뜨겁던 단풍잎은
감당할 수 없는 만큼
밀려드는 고독에 휘청거리며
가슴으로 울먹이고 있고
가을 강을 건너는
물소리 바람소리 어우러지는
햇빛이여
인생이란 생각하기에 따라
그런대로 계절의 느낌을
마음에 담아 보는가 보다

가을 · III

땅거미 드리워 검은 하늘 아래
휘영청 보름 달빛이 가득하니
풀벌레 울음 소리도 한결 높아지고
지나온 전경에 사로잡힌 단풍잎은
이 가을 창공에 나부껴
메마른 몸짓으로 마구 휘날렸다

가고 오는 세월의 길목은
누구나 보아도 볼 수 없는 느낌으로 말할 뿐
혼자서 먼 산을 찾아가도
자욱한 나무들 사이
그 옛날 주고받는 단풍잎은
비울 것을 훌훌 죄다 버렸는지
내 서 있는 자리마저
휘감아 도는 바람으로 몰아쳐 와
공간을 울렸다
낙엽 밟는 발자국 소리
가을 햇살이여
강물이여

가을과 겨울의 길목

빈 나뭇가지 사이로
세상을 흔드는 바람이 지나가면
낙엽은 우수수—
내 마음을 스쳐간다

하늘은 파랗게 비어 있어도
때가 되면 서쪽으로 기우는 해는
차츰 가라앉는데
곱게 번지는 노을빛을
물끄러미 바라보노라면
부질없는 과거를 지우고
쉬 바뀌는 계절의 길목에서
세월의 발자국 소리에
한동안 생각에 잠긴다

늦가을녘에

인연의 가지에서 뿌리로
돌아가는 낙엽들
향기도 빛깔도 없는 몸으로
바람 따라 세월을 보내고
생멸하는 시간 속에
끝없는 윤회의 길목에서
원점(原點)을 찾고 있다

햇살을 가르는 시원한 바람은
귀 기울이는 나무들의
가지 끝에 흐르고
물 따라 강이 흐르듯
세월의 가는 길목은
청정한 푸른 하늘에
흰구름 하나둘 지켜볼 뿐
저마다 사무치는 그리움은
달빛에 녹아 흐르는구나

제 4부 _ 가는 세월

가는 세월

가로등 불빛 아래
가로수 잎들은 가는 세월에 한 잎 두 잎
떨어지고 있는데
보도블록 위에 나그네가 되어
생각 없이 걷고 있노라면
내 발 밑에 엎드려 있는 낙엽들은
추억의 그림자도 되지 못하고
스스로 가지고 가야 할 몫으로
제 무게만큼
가을바람에 몸부림치고 있다

이별하는 바람 소리에
몰아쳐 와 울어대는 낙엽 뒹구는 소리는
서린 가슴에 고독을 되새기고
가을 강을 건너는 밤하늘 별빛은
흐르는 세월을 지켜보듯
오늘도 잎 지는 가로수 은행나무를 바라보며
인생이란 생각하기에 따라
그런대로 사는가 보다

회상(回想)

은행나무 노오란 단풍잎이
가로등 불빛에 시리어
한 잎 두 잎 바람에 떨어지면
내 눈 앞엔 종내 잔 이슬비만 젖어오고
지나가 버린 나날은 돌릴 수도 없는
세월이 비켜온 굽이마다
어른거리는 추억의 회상만 늘어간다

어둠이 찾아들면
머언 산야에 어리는 그림자도 보이지 않던
제 모습 갖추어
둥근 달 그림자에 하나둘 나타나서
이런 저런 회상들이
흐르는 세월 따라 지나가고
기다림은 언제나
먼 눈빛에 눈물을 말리는
기쁨인지 슬픔인지
편안한 마음에 스쳐가는
바람에 날려 보내려는 그리움

고독 · I

으스스 잎 지는 산행길
공산(空山)의 적막대어 울어대는 풀벌레
아직 제 집을 찾지 못한 것일까?
계절이 주는 나무들 사이
마음을 덮고
자욱히 내리 쌓이는 어둠 속
하염없는 생각이 허공을 향할 때
산(山)이 부르는 소리에
이슬 같은 눈물 빛은
현실적일 수 없는 슬픔으로
나를 앞질러 비켜 갈 때
인생이 허무하다는 생각에 잠긴다

어둠에 가라앉는 풍경을 바라보며
늦게서야 돌아가는 철새 몇 마리
목적지를 찾아 사라져 갈 때
소슬바람에 구슬 같은 눈물
휩쓸어 가는 갈바람 소리
영검도 지는 세월 따라
흩어진 구름이 한 데 모인다

고독 · II

바람결에 딩구는 낙엽
밤 새도록 울고 지쳐
소리 또한 고요할 때
새벽 만월은
둥근 가슴을 안고
쏟아 내린다

허허로운 은백의 세계
가슴으로 쏟아 붙는 별 빛
밤 하늘을 배회하면서
향기로운 고독을 가슴 속
꿈을 피워 가고 있다

한 줄기 가는 빛이
무량세월 꿰뚫으니
넘실대는 물 보석
푸른 창파에 던진다

푸른 창공
소리없이 밀려오는

은하의 강가
심성을 밝히는 그대 마음에
빛이 어린다

고독 · Ⅲ

하염없이 푸르른 허공에서
불어오는 바람결에
떨리는 손마디가 무거운지
고갤 떨구고 숨이 찬 단풍잎은
정신을 놓치지 않으려 하나
제 길을 찾아 원점으로 돌아가는 길이
잠들지 못한 눈먼 울음으로
종내 몸을 던지고 있다.

가을 바람의 색깔이
숨어 있는 것을 감상하는 새들은
고독이 무엇인지
어렴풋이 눈을 깔고
떨어져 깔린 낙엽 속
내음을 생각하며
가냘픈 나무 가지와 함께
흔들림 속
조용히 침묵을 드리우고 있구나

억새풀

세월 따라 굳어가는 계절
비낀 볕살이 西山을 넘고
옥빛 하늘은
핏빛 노을이 변할 때
바람 따라 세월을 보내고 있는 억새잎
서걱서걱 소리내며
비틀거리는 백발의 몸으로
때늦은 손짓도 해 보지만
휘감아 도는 적막감은
아득하기 그지 없다

강물은 강물끼리 흐르고
모래는 모래대로 어울려 이루어진 땅
억새들은 억새끼리
강가에 불어오는 바람 따라
가을 창문을 두들기는 소리에
한동안 생각에 잠긴다

코스모스

하염없이 푸르른 허공에
가슴을 열고
아주 가벼운 마음으로
얼굴을 내미는 그녀
비낀 볕살 사이로
때늦은 손짓을 하며
물 그림에 곱게 웃음 지으니
바람이 부드럽게 어루만진다

한로(寒露)를 밟고 섰는
가냘픈 코스모스
흰구름 바라보며
가지 끝에 매달린 잎들은
바람만 털고 있고
햇살 걷어가고
어스레 해거름 사이
내 그림자도 나를 떠나려 하는구나

별빛은 흐르는데

싸늘한 미풍이 여린 세월을 스쳐가듯
귀뚜라미 애절한 울음도 잠시 멈춘 밤
별빛은 푸른 창공에 흐르고
임자 없는 둥근 달빛은
구름 속으로 젖어들 때
산나무 숲은 풀잎처럼
설레어 그리워 하는구나

각자 주어진 별들은
물 보석처럼 흐르는 은하의 강이 되어
내 가슴엔 절절한 그리움만 풀어 놓은 채
흐르는 세월 따라
어깨 스친 체온이 가슴으로 고통치며
구름 속으로 달을 안고 가듯
아픔도 묻어 버리려 한다

테헤란로에서 바라본 석양

테헤란로에 넘어가는 석양빛은
신호등에 걸린 빨간색 불처럼
창공에 물들이고
이름 모르는 고층 빌딩 숲속에
움직이는 사람들은
검푸른 매연 속에
생존의 몸부림을 치고 있다

붉게 물들인 석양 노을 속
따스한 마음을 심어주는 환희로움
스스로 걸림없이 넘어가는 빛이
하루의 사연을 가슴에 안고
하늘 길 열어주는 붉은 가슴으로
서서히 넘어가는 영혼의 사자처럼
사라져간다

그리움 · I

달빛이 창곁에
스며드는 밤
숨길 수 없는 밤 하늘 별빛은
멀게만 보이는데…

어두움이 찾아 들며
기러기 떼 날고
찬 서리 낀 밤 그늘에 젖은
풀잎은 더욱더 괴로워 보인다

송림에 불어오는 바람
외로움을 달래고 있는
산새도 울음 멈춰
돌아올 수 없는 지나간 삶은
그리움이 강 물결로 흐른다

그리움 · II

나 어린 시절
꿈을 가꾸고 자란 곳
과수원 밭 한쪽 조그마한 시골 기와집
윗채와 사랑채 지붕 아래
어머님 손때 묻은 장독대
사과 저장 창고 옆 대추나무 한 그루와
장미 목단 심어 놓은 화단이며
아버님 젊은 시절 대문 밖 입구
감나무 두 그루 심어 놓아
가을이 오면 빨갛게 익어가는 대추와
연시를 따 먹는 추억
봄이 오면 사과 꽃 하얗게 피어 있는
향기에 취해 벌과 나비는 정신 없이
꽃에다 키스하며 춤을 추고
여름이 오면 초록빛 사과나무 그늘에
붙어 쉴새없이 울어대는 매미 소리는
가는 세월이 아쉬운 듯 울분으로
변한 듯하고
따가운 햇살 아래 알알이 둥굴어 가는
사과 열매는 빨간 색깔이 눈에 보이게

익어갈 때
풍요롭게 느껴지는 마음은
계절에 따라
넉넉한 마음으로 다가오고 있는 듯했다
그러나 지금은 부모님도 세상을 떠나고
불혹이 지난 나이에 고향이 그리워
자란 곳을 찾아 보지만
산업화에 밀려 사과나무는 없어지고
대문 밖
심어 놓은 감나무는 고목이 되어
가지가 부러지고
남아 있는 기와집과 장독대는 누구 하나
관리하지 않는 추억의 이정표일 뿐
세월에 밀려 비가 새어 추녀 끝이 썩어
허물어지고
무너진 장독대와 마당에 잡초가
무성하게 솟아 있는
비어 있는 빈집을 바라볼 때
덧없는 한 세월이 스쳐가는
바람결에 그리움으로 다가오고 있다

1999년을 보내면서

천년이 저물어 가는 거리에
구세군 자선냄비가 등장하고
동지를 지나고 보면
성탄절 징글벨 음악 소리가 거리에 들이고
설날이 오는 날은
보신각 종이 서른세 번 울리니
묵은해는 가고 나면 새해가 밝아지고
오고 가는 것이 무엇인지?
사람들은 다시 돌아올 것 같지 않은 생각으로
돌고 돌아가는 마지막 20세기
밤을 보낸다고
종로와 세종로 거리는 야단법석이다
그러나
꿈을 안고 떠나보내는 마음
맞이하는 마음
모두가 먼 날의 사람들이여
새하얀 마음씨여

병술년 12월을 넘기면서

연말이 가까워 온다 하여
거리에는 크리스마스 캐롤송이 울리고
대형 백화점과 가로수는 장식물이 요란하게
밤거리를 수놓고 있다
속절없이 가 버린 날짜가 예약도 없이
한해가 넘어 간다는 생각이 때로는 허무하게
느껴지고 있다
무엇을 어떻게 걸어 왔는지 먼 산야의
그림자처럼 없어진다는 생각이 나를 앞질러
마음을 무겁게 하기도 한다
돌고 돌아가는 시간과 날짜는 어제 오늘이
아니지만 인생이란 그러하지 못하고 머무름 없이
흐르는 세월의 강 앞에서 내 자신이 어디까지
흘러 왔는지…
깨닫지 못할 때 무지하고 부끄러운 일이
정말 참회하면서 살아갈 일이라 생각들 때도 있다
며칠 남지 않은 병술년 12월 날짜이지만
보내고 돌아오는 새해가 다시 한 번 생각하고
부질없는 인생사에 나를 찾아가는 길이
또 한 해를 넘기는 것 같다.

향수

물들어 가는 산야
깊어가는 밤
이름없는 풀들은 잔설로 얼룩진
몸을 홀로 움츠리고
한 생각 잠기며
깊은 가슴 속 아픈 인연이
바람 따라 스쳐 간다

창문 밖에 몰려드는 향수는
세월 따라 흔들리는 울분의 기억들이
침묵의 한 순간에
머언 그림자로 사라지고
하늘 아래 흰 구름 가슴에 안고 가는
보름달 그림자는
그리운 고향 산천으로 넘으며
이 가을 사과향기 냄새여
그리움이여

사모곡(思母曲)

그립습니다 아버님 어머님
긴 세월 통풍처럼 서럽던 보릿고개
가난이 무엇이길래
그토록 먹고 싶고 배가 고파도
그 아픔의 소리 저만치 묻어 두고
논과 밭에 곡식 심고
오직 일에만 열중하시던
그 모습이 지금도 아른거립니다

땀방울로 찌들어서
부농으로 가꾸어 낸 세상도
자식을 위하여 궂은일 마다 않고
일생을 하루같이
가슴 속에 품고 계신 그 마음
불혹이 지난 내 가슴 속
향기롭고 별이 되어 빛나고 있습니다

칼날같이 가 버린 세월 앞에
힘들고 고통스러워도
끝없이 들어오는 애절한 그 마음

봄바람 훈풍에 얼음 녹듯 불어만 오는데
어쩌자고 홀홀히 떠나시는지
세월이 지나갈수록 외롭고 고된 슬픔은
그리움의 눈물 빛
서산에 걸려 있는 구름에 젖어
빚어 띄웁니다

제5부 _ 통일전망대

통일전망대(統一展望臺)

멀리 보이는 북녘 땅
남북으로 넘나드는 구름은 말이 없고
비켜 설 수 없이 지뢰 묻힌 산야엔
두루마리처럼 둘둘 말아 울린 철조망
인적 없는 초여름 들녘
이루지 못한 원귀들의 푸른 꿈이
세월 따라 바람에 날려 보내고 있다

바다 끝 한 자락
휘어든 동해 바다
파도는 혼령의 울음이 섞여
쉬임 없이 밀려오고
북녘 땅을 바라보는 불상과 마리아상은
한없는 성좌의 순백 같은 사랑과 자비심을
민족의 비극 앞에 뿌리기 위해
꼿꼿이 서 있고
파장치는 통일의 종소리는
싱그러운 바람 따라
내 목소리 메아리도 들리지 않는 북녘 땅에
울어 가길 기원하며

더 높이 더 멀리
이 민족의 꿈과 소망의 소리를
너는 알아야 한다
너는 울어야 한다

비무장지대 DMZ
— 칠하나칠 오피(717 OP)에서

동해안 최북단
남북으로 갈아놓은 155마일
무심히 넘나들고 있는 흰 구름
조국을 위해 산화한 전우들
아픔을 아는지
간혹 어두운 그림자를 드리우고 있다

휴전선 철조망 사이
새파란 영혼의 숨소리도 들리지 않는
푸른 풀잎은
불어오는 바람 속에
흐느끼는 원한의 소리
가고 없는 세월 앞에
그리움으로 몸부림치고
멀리 보이는 동해 바다는
한반도에 유물처럼 남아 있는
휴전선을 바라보며
하얀 거품을 토하고 있다

수목 사이 둥근 달빛 아래

일렁이는 철조망 그림자를 바라보며
말 없는 보초병의 눈빛은
이름 모를 전우들이 한 맺힌 절규에
귀 기울이며
숨죽이고 누워 있는 북녘 산 기슭에
걸려 있는 구름 조각이
산산이 분해되어 가는 순간
적막감만 깊어간다

청간정(淸澗亭)

설악산을 뒤로 하고
동해를 바라본 淸澗亭
해송은 가파른 바위에
뿌리를 내려 병풍처럼 두르고
슬며시 불어오는 바람에 울지도 못한 老松
늘어진 가지에 하염없는
긴긴 사연을 혼자서 풀어내고 있다

수평선을 타고 넘나드는 파도는
연신 하얀 솜뭉치로 물결을 부수고
멀리 보이는 동해안 해변가 모래 위
녹슬은 철조망은
보는 이로 하여금 마음을 답답하게 하고 있다

정자 위 솔 가지에 구름 두어 송이
길손들의 향수에 젖어 있고
바다 바람 솔바람 어우러져
가는 소리 들으면
한 생각 그리움이
세월이여 역사여

천학정(天鶴亭)

수평선 너머로 불어오는 바람
멀리 보이는 흐릿한 물안개
낯익은 갈매기 날갯짓에
짭짤한 갯내음
몸을 뒤척이는 파도는
한량없이 밀어붙이며
기나긴 세월을 엮어 내고 있다.

바위에 부딪히는 파도소리
절벽 같은 산을 뚫고 뿌리내린 해송(海松)
외로움을 달래고 몸을 눕이는데
정자 위 머물던 구름송이
귓볼을 간지럽게 스쳐간
바람에 못 이기듯 사라져 가고
비릿한 바다 내음에 젖어
향수에 묻혀 흐르는 그리움

강

외로울 때에는
혼자 강변을 걷는다
강변에는 사르르 불어오는 바람에
풀잎도 눕히며
잔잔히 흐르는 물살 가운데
흰 구름도 띄운다

어둠이 찾아들 때는
나직이 흐르는 강물 소리에
은빛 비늘 부서지며
바람 따라 세월 가고
세월 따라 바람이 흐른다

휘영청 달 밝은 밤
강물에 비친 달 그림자는
제 모습 보라 하고
달빛 쏟아지는 강물은
물 보석으로 변하여
그리움으로 남는데

흐르는 세월만큼
산야를 안고
달빛에 녹아 흐르는 강물
물굽이 아홉 굽이
비단 폭 고운 빛이
흘러흘러 낙동강으로 찾아 흐른다

한강

강물은 언제나 그러하듯
출렁거리며 끊임없이 흐르는 한강
서해 바다로 굽이굽이 찾아
많은 사연을 담고 흐르고 있다

강자락 강섶에 겨울 철새들
물 위에 자맥질하며 노닐고 있고
한강이 굽어보는 동작동 국립묘지
조국을 위해 산화한 수많은 젊은 영가들
슬픈 역사의 아픔을 안고 잠들고 있으며
더 묻지 말아라 하고
마지막 남은 생명을 강물로 뛰어들어
원혼의 물소리가 들리는가 하면
민주의 나라
피 맺힌 울음 천만년 恨이여
스스로의 고역 속에 천년을 흐르고
억겁을 묶어
오늘도 물굽이 아홉 굽이
말없이 출렁거리며 흐르는 한강이여

경포루의 보름달 밤

구름장 비낀 보름달은
흰눈 스리는 벚꽃잎 사이로
사르르 휘감기는 비단자락
세월 밖으로 사라져 가는 발자국 소리
불어오는 바람은
가슴 속으로 스며든다

잔잔한 호수 속 달은
제 깊이를 따라 허무와 사랑
즐거움이 익어 갈 때
일렁이는 물 보석 빛
옛 문인의 문장 속
바다에 하나 호수에 하나 술잔에 하나
임의 눈동자에 두 개의 그림자가
그리움의 얼굴에 숨어 들어
소리죽여 울먹이는 바다에
아득하기 그지없는
모래 위 달빛
한동안 생각에 잠긴다

경포대 바닷가에 오다

초가을 경포대 해수욕장은
인간이 남기고 간 발자취에
아픈 상처를 다독이는 모래는
바람에 몸을 뒤척이고
수평선 너머 하늘이 내려와
입 맞추고 있는 바다는
어느덧 밀려와 부서지는 파도 소리에
외로운 밤 바다의 원점으로 다가온다

바다 위에 앉아 있는
오리바위 십리바위는
가끔 쉬어가는 갈매기의 쉼터가 되고
해변가 가로등도 밤바다를
그리움의 손길로 비춰보지만
잉 잉 울어대는 바람소리에
한쪽 귀를 기울여도
넘실대는 저 파도가 이르는 말을
알아 들을 수 없구나

대왕석

잔풍한 날의 오후
방어진 대왕석 앞 바다
넘쳐나는 푸른 물결
하얀 거품을 토하면서
홀로 그 아픔을
가슴으로 부딪치려 한다

호국의 일념으로
죽어서도 용이 되어
나라를 수호하겠다는 문무왕
지의 법사님 염불소리
대왕석에 장례를 하였다는
동해 바다는
무게를 떠받쳐 날아 오르는 갈매기
서산으로 기우는 구름처럼
어둡게 드리워진다

달맞이

가을 강(江)을 건너는 소리
비 내리는 마산 내포리 바닷가 해안도로 따라
욱곡 전망대 도착하니
검푸른 바닷물 위에
백합 같은 굴 양식장 사이로
하나 둘 떠 있는 배는
보는 이로 하여금 더욱 더 외롭게 느껴지고
비바람에 비질하듯
잔잔히 쓸려가는 물결 위로
곡예하듯 지나가는 갈매기 한두 마리
나그네 애달픈 심정을 읽어내듯
허공에다 소식 전하려 하니
달맞이 커피숍 라이프에
들려오는 생음악 소리는
답답한 가슴에
미로처럼 엉켜지는 세상 일들이
가는 세월에 묻어두고
이별하는 바람 소리에
깊어가는 가을
눈물 같은 빗물이
유리창 위로 젖어 흐른다

축시

― 이동경 법사님 결혼식에 부쳐

하얀 파도 출렁이는 추억의 광안리 해변가
검푸른 바다 위로 놓여진 광안대교가 보이는
호메르스 호텔 예식홀
진주 같은 백합 장미 꽃이 좌우로
놓여 있는 중심으로
원앙새 같은 신랑 이동경 신부 공은주 한쌍이
백년가약 약속을 하고자 서약하니
빛 안에 빛살로 채워온 밝은 빛의 향기가
더욱 더 아름다운 모습으로 돋보이고 있구나
이제 기다리고 바랐던 오늘의 이 인연이
제 위치에 앉아
사랑하는 이에게 자신을 투자하면
행복의 길도 열린다는 것을 알아야 하고
꽃처럼 살고픈 마음으로 두 손 모으고
선반 위에 올려놓는 꿈을
차근차근 사랑하는 이에게 건네는
법도 익히고
먼 곳의 기억을 짚어 보며
온통 그에게로 뻗어 있는 애절한 사랑일 때
충실한 열매가 있다는 것도 알아야 합니다

고운 마음 오래도록 간직한다면
깊은 산골 산새들도
푸른 숲을 바라보며 웃는다네

꿈처럼 사라져간다

풀 벌레 울음도 멈춘
야밤 삼경
수묵이 자욱한 창공
각자 빛을 내는 별빛
황혼을 안고 떠나가는
부엉이 눈 빛처럼
멀어져만 가는데

지나온 세월의 발자국 소리
찰싹 찰싹 들려오는
외길 같은 인생
어둠이 찾아오는 창공
기러기 떼같이
꿈처럼 사라져간다는 것인가?

광안리 해변가

끝없이 펼쳐지는 바다
아득히 몰려오는 너울이
서서히 밀려와 부서지는 파도 소리는
하얀 물보라로 사라지곤 한다

별들이 보이지 않는 밤이면
바다 위로 놓여진 광안대교는
밤바다의 은하수 강이 되어 별빛이 되고
해변가를 걷는 사람들은
답답한 가슴을 열어
몰려오는 파도를 싸안아 주려 한다

소금기 밴 바람 따라
수평선들을 바라보노라면
비켜간 세월에 굽이마다
갈매기 긴 울음에 젖어
괜시리 눈물이 흐른다.

동백섬 푸른 노송 위로 몰아치는 해풍에
감추지 못한 눈물 그렁이며

바닷물에 발을 담궈 보지만
그리움의 손길은
제대로 흘러간 것인지
홀로 출렁이는 바닷물을 바라보노라면
잠시 깊디 깊은 생각에 젖어든다

파도

하늘이 내려와
보이지 않는 수평선 아래
너울이 서서히 다가와
삼세의 욕망들이 하얀 물보라로
사라질 때
괴로움에 젖어 엮여지는 고뇌들은
바다를 향해 말끔히 던지고
영원과 이어진 긴 수평선을
바라보며
오늘도 보이지 않는
세월의 길목에서
부질없는 소리와 함께
부서지고 있구나

푸른 꿈 가슴에 담아
앞만 보고 부서지는 파도 소리는
말 없이 오고 가는 세월이
내 앞에 하얀 거품으로 보일 때
갈매기 긴 울음 소리는
듣는 이로 하여금 더욱더 가슴으로

흐느끼게 하고
아득한 수평선 끝자락쯤
그리움의 추억이
억겁의 세월 속에
절규하는 파도 소리는
오늘도 바닷가에 말 없이 부딪치며
사라지고 있구나

정녕 갈 길이라면

학창시절 막걸리 마시고 노래하며
지난 추억을 떠올리고
방학이며 고향 강변에 놀다가 더우면 목욕하고
젊음의 세월이 지나
앞만 보고 걸어가는 인생이 어느덧
이별이란 단어가 하나 둘 내 귀에 들리니
친구야 할 말이 없구나
오늘 따라 가장 가까이 있는 친구가
저 멀리 갈 것이라 생각도 해 본 적이 없는 일이
내 옆에서 낙엽이 떨어지듯
죽었다는 비보가 나를 가로막고 있으니
인간이 왔다 가는 길은 풀잎 속
이슬이라 하였지만
친구가 선택한 길은 길이 아니네
여기 이정표가 있고
어둠이 있으면 등불이 있다네
친구야!!
옛 선사님의 말씀에
오늘 따라 둥근달이 떠 오르니
보름달이 분명하고

서릿 바람 부는 곳에
국화 향기 아닐까 싶네
무명 업식이 본래 공하니
변함없는 지혜 광명으로
다음 인연이 맺어지길…

민족사의 진실 추구와 서정의 눈부신 빛결

— 허남준 시집 《산행》(山行)의 작품세계

홍 윤 기

일본센슈대학 [시문학] 문학박사
한국외국어대학 [한국시] 담당교수

나는 대학에서 詩강의를 하며 항상 강조하고 있는 것이 시의 생명력은 서정(抒情)이 그 참다운 바탕이라는 주장이다. 학교에서 뿐 아니고 많은 시인들에게 강연을 통해서도 릴리시즘(lyricism, 서정성)의 중대성을 강조하여 오고 있다.

허남준 시인의 시를 대하며 우선 느낀 것을 집약하여 밝히자면 "뛰어난 시는 서정미를 바탕으로 삶의 진실을 추구하는 데서 빛난다"고 말하고 싶다. 허남준 시인의 시집 전편의 내용을 개괄하자면 산행(山行)을 통한 민족사(民族史)에 대한 각성과 불심(佛心)이 눈부신 서정미(抒情美)의 시업(詩業)으로 알차게 형상화되고 있다고 평가하련다.

필자는 의욕적인 릴리시즘의 참다운 詩운동을 주장하기에 오늘의 시가 '노래'가 아닌 '이야기'로 자꾸만 전락하고 있다는 것을 매우 걱정스럽게 여겨왔다. 그러나

다행하게도 허남준 시인의 시편들은 서정과 삶의 진실을 올바로 파악하며 성실하게 작업하고 있는 콘텐츠를 이 시집에서 만났다는 것이 무엇보다 기쁘다.

허남준 시인의 시에서 문득 떠오르는 것은 이미지즘 시운동을 갈파했던 미국의 저명한 지성파 시인 에즈라 파운드(Ezra Pound, 1885~1972)의 명언이다. 즉 "위대한 문학이란 가능한 최대한의 의미가 담겨진 충실한 언어에 있다"(《How to Read》, 1931)는 것. 시인에게 맡겨진 새로운 상상력이 담긴 충실한 의미를 포괄하는 시언어의 이미지 표현이 바로 에즈라 파운드의 요청이다. 그것은 지금까지 남이 쓴 일이 없는 새로이 창작된 감동적인 훌륭한 시를 뜻한다.

그런 견지에서 독자들과 함께 허남준 시인의 주목되는 시편들을 골라서 감상하기로 한다.

보랏빛 먼 산
기적없이 저무는데
산문(山門) 앞
송백(松柏)과 이끼 푸른 바위 옆
여기저기 풀벌레 울음 소리도 구슬퍼진 가운데
고독이 깊게 쌓여만 가는구나

풍경마저
숨소리 멈춘 산사
버팀목이 된 노송 가지 위

살포시 날개 접고 있는 솔새
공산(쑏山)의 적막 속에
끝없는 인고의 세월을
바람 따라 보내려 한다

— 〈산행 · I〉 전문

이 작품은 산을 오르는 산행을 통하여 삶의 진실을 추
구하는 겸허한 자세가 공감도를 드높여주는 좋은 작품이
다. 특히 제2연에서 "풍경마저/ 숨소리 멈춘 산사/ 버팀
목이 된 노송 가지 위/ 살포시 날개 접고 있는 솔새/ 공산
(쑏山)의 적막 속에/ 끝없는 인고의 세월을/ 바람 따라 보
내려 한다"는 이미지가 자못 빼어나다.

한 시인이 이 땅의 한국시문학사(韓國詩文學史)에다 한 편
의 훌륭한 명시를 남길 수 있다면 그 이상 더 바랄 수는
없을 것이다. 그러기에 산행 속에서 시심을 연마하느라
온갖 심혈을 경주하고 있는 허남준 시인의 진실 추구의
자세는 매우 고결한 일이며 그런 참다운 의지가 번뜩여
서 이 작품은 더욱 값지다.

잇대어 〈산행 · II〉를 고찰해 본다.

산을 오르다 보면
먼 산야에 주름진 골짜기
보랏빛처럼 가득히 넘쳐 흐르는 세계
스스로의 깊이를 알아 차리게 한다

높이 오를수록
거암(巨岩)이 묵언한 자세로
잠들어 있는가 하면
갈라진 골짜기
세월 따라 바람이 흐른다

화강암 겨드랑을 파고드는
계곡물은
무수한 출혈을 감수하면서
흘러가는 강물의 슬픈 노랫가락 따라
큰 돌은 큰 돌끼리
작은 돌은 작은 돌끼리
모래는 모래대로 각자
자기 분수에 어울려
그들의 세계를 이루어 간다

너나 없이 비탈진 언덕에 붙어
주름진 노송은
가는 세월의 아픔을 안고
담담이 살아온 언약의 이정표처럼
마디마디 사무치는 그리움이여
— 〈산행 · Ⅱ〉 전문

　오프닝 메시지로부터 참신한 서정적 발상미(發想美)를
전개시키고 있는 허남준 시인은 산행 속에서 자연의 아

름다움에 감동할 뿐 아니라 그 행로를 숨가쁘게 답사하며 역사의 현장을 내면 깊이 투시하는 혜안(慧眼)으로 독자를 그의 상념의 아늑한 품으로 감싸안고 있다. "높이 오를수록/ 거암(巨岩)이 묵언한 자세로/ 잠들어 있는가 하면/ 갈라진 골짜기/ 세월 따라 바람이 흐른다// 화강암 겨드랑을 파고드는/ 계곡물은/ 무수한 출혈을 감수하면서/ 흘러가는 강물의 슬픈 노랫가락 따라/ 큰 돌은 큰 돌끼리/ 작은 돌은 작은 돌끼리/ 모래는 모래대로 각자/ 자기 분수에 어울려/ 그들의 세계를 이루어 간다"(제2~3연)는 것. 여기서 '무수한 출혈'이 암시하는 이미지의 세계는 자못 통렬한 역사에의 고발이며 이 콘텐츠를 뛰어난 메타포로 제시하므로써 시인의 고결한 시정신을 민족사에 깊게 새긴다. 6·25동란이라는 잘못된 동족상잔의 비극적 역사의 죄악을 시인은 '거암(巨岩)이 묵언'하고 있는 비통한 상념을 강력하게 이미지화하고 있는 것이 이 역편(力篇)임을 보여주고 있다.

요즘 진부한 시가 난무하는 한국 시단에서 한국의 새로운 신서정(new-lyricism)의 시로서 당당하게 자기 세계(新抒情詩, a new verse)를 개척했음을 이 시편은 잘 보여주고 있다. 〈산행·Ⅲ〉은 독자로 하여금 더욱 비장하게 민족사의 아픔을 메타포하는 뛰어난 시편이다. 함께 조용히 감상해 보자.

울컥울컥 속으로 삼켜 버린
짙붉은 나뭇잎이 불타는 계절

머언 시야의 그림자 넘치는 허공에
가다듬어 보다가 쓸어 보내려는
아픔의 몸짓이 떨어지고 마는 잎들은
휘감아 도는 바람 속에 아픈 울음을 토하고
겨울이 오는 길목에 서 있는 낙엽은
메마른 몸짓으로 섞바뀌는 계절의
빛을 담아 보내고 있다

밤 하늘 가득히 비추어지는 달빛은
가슴을 씻어 내리는
회상의 추억처럼 돌아가고
세월 따라 허물어져 가는 풍경은
멀리서 불어오는 바람소리에
그리움만 더해 가는 무상함을
세월의 발자국 소리와 함께
스쳐가는 계절

— 〈산행 · Ⅲ〉 전문

〈산행 · Ⅲ〉은 〈산행 · Ⅱ〉를 이어가며 그 이미지 전개
가 더욱 뛰어나다. 서두에서의 붉게 단풍이 물든 의미를
독자들은 과연 어떻게 인식할 것인가. 서두부를 신중하
게 음미하자면, "울컥울컥 속으로 삼켜 버린/ 짙붉은 나
뭇잎이 불타는 계절/ 머언 시야의 그림자 넘치는 허공에/
가다듬어 보다가 쓸어 보내려는/ 아픔의 몸짓이 떨어지
고 마는 잎들은/ 휘감아 도는 바람 속에 아픈 울음을 토

하고/ 겨울이 오는 길목에 서 있는 낙엽은/ 메마른 몸짓으로 섞바뀌는 계절의/ 빛을 담아 보내고 있다"고 했다. 특히 앞머리의 "울컥울컥 속으로 삼켜 버린/ 짙붉은 나뭇잎"은 수사적으로 하이퍼볼(hyperbole, 과장법)이 도입된 흥미로운 그런 내용이 아닌 '민족의 울분'을 형상화시킨 참으로 뛰어난 역사의 교훈을 독자들에게 읽히는 알레고리(allegory, 諷諭)의 수사(修辭) 이미지를 창출하고 있어 주목된다.

짙붉은 단풍을 통해 허남준 시인은 동족상잔의 죄악을 저지른 자들에게 대한 분노를 은밀하게 메타포하고 있어 독자를 더욱 감동시킨다. 자칫하면 관념에 치우치기 쉬운 다루기 힘든 제재(題材)를 슬기롭게 극복 처리하며 진지한 시문학적 방법론 제시가 돋보이는 작품이다. 지금까지 단풍을 이토록 처절한 민족사의 분노로써 묘사한 시인은 없었다는 데서 우리는 다시금 이 작품을 높이 평가하지 않을 수 없다. 참으로 이 시는 그 메시지가 탁월한 민족사의 아포리즘(aphorism)을 설득력 넘치게 담고 있는 뛰어난 시작품이다.

찬 바람 매섭게 불어오는 북서풍에
머뭇거리던 구름이 지난 아픈 상처를
가슴에 품고 있는 백암산
태어남과 죽음을 버리고 조국을 지키다 간 혼령들
이 겨울 창공에 잔설의 눈이 되어
하늘을 향한 높은 고지마다 하얗게 내린다

휴전선 철조망 넘어
멀리 보이는 북녘 땅엔 침묵만이 감돌고
수십 년을 속절없이 흐르는 북한강은
전쟁이 스치고 간 지난 세월을 잊는 듯
유유히 흐르기만 하고
형체 없는 가련한 영혼들의 한숨이
바람에 실려 더욱더 차가워지는 흰눈 속으로
다가오는 정의, 자유, 불꽃
심어진 백암산 높은 고지마다
바람이 멈추고 있는 사이
검은 구름이 걷혀 햇살이 비치고 있지만
더욱더 서럽고 애처롭게 느끼는 마음은
무겁기만 하다

— 〈백암산 · I〉 전문

〈백암산 · I〉에서 허남준 시인은 민족사의 비통했던 '백암산 전투'라는 역사의 현실을 겨울철로 설정한 데 우선 주목하고 싶다. 이것은 산행이 아니라 차라리 통절한 아픔의 덩어리다. 즉, "찬 바람 매섭게 불어오는 북서풍에/ 머뭇거리던 구름이 지난 아픈 상처를/ 가슴에 품고 있는 백암산/ 태어남과 죽음을 버리고 조국을 지키다 간 혼령들/ 이 겨울 창공에 잔설의 눈이 되어/ 하늘을 향한 높은 고지마다 하얗게 내린다"고 하는 솟구치는 전우애의 아픔이 그 혼령을 위무하는 뜨거운 눈물과 더불어 눈발로 백암산을 휘덮는다. 이런 작품은 자칫하면 관념에 빠지기 쉬운 것을 안정된 시상 전개와 잘 다듬어진 시어 처리로 전연체(全聯體)의 에스프리(esprit/프)가 강한 정신미를 경건한 수도의 자세로써 형상화시키는 뛰어난 기교를 발휘하고 있다. 백암산의 눈발 그것은 심혈을 기울여 詩를 쓰는 시인의 자아성찰(自我省察)의 눈부신 결정(結晶)이 아닐 수 없다.

가을 산
안개 바다에 떠 있는 백암산
철책선을 따라 능선을 향했다
가끔 들려오는 대남 방송 소리는
듣는 이로 하여금 마음을 무겁게 하고
휴전선을 따라 서 있는
보초병 눈빛은 강렬함이 묻어 흐르며
오르다 내리고 또 올라
북녘 하늘 향한 뻐꾸기 울음이 들리는 곳
산 정상 고지에 잠시 멈추니
갖가지 망상들이 바람 따라 흩어진다

서늘한 비무장 지대를
감아도는 북한강 상류 강물은
전쟁이 스치고 간
지난 세기 아픈 상처는
흐르는 세월에 묻어 두고
남쪽으로 흐르는데

가을 산 나뭇잎들은
회한을 아는지
붉게 물들인 단풍잎이
낙엽으로 하나 둘 떨어질 때
조국을 지키다 산화한
장병들의 발자국 소리에
지나가는 바람도 탄식하듯
잠시 숨을 멈춘다

— 〈백암산 · Ⅱ〉 전문

"가을 산/ 안개 바다에 떠 있는 백암산/ 철책선을 따라
능선을 향했다/ 가끔 들려오는 대남 방송 소리는/ 듣는
이로 하여금 마음을 무겁게 하고/ 휴전선을 따라 서 있는
/ 보초병 눈빛은 강렬함이 묻어 흐르며/ 오르다 내리고
또 올라/ 북녘 하늘 향한 뻐꾸기 울음이 들리는 곳/ 산 정
상 고지에 잠시 멈추니/ 갖가지 망상들이 바람 따라 흩어
진다"(서두부)는 아직도 제정신 차리지 못하는 자들에
대한 안타까운 메시지가 주목되는 이 시의 반어적(反語的)
수사(修辭) 처리로서, 이 작품의 품도(品度)를 드높여주고
있다.

"산 정상 고지에 잠시 멈추니/ 갖가지 망상들이 바람
따라 흩어진다"고 하는 호소가 그것과 연관되는 시인의
아름답고 경건하고 값진 자세이다. "가을 산 나뭇잎들은
/ 회한을 아는지/ 붉게 물들인 단풍잎이/ 낙엽으로 하나
둘 떨어질 때/ 조국을 지키다 산화한/ 장병들의 발자국

소리에/ 지나가는 바람도 탄식하듯/ 잠시 숨을 멈춘다"
(종결부)는 콘텐츠는 또한 조국 수호의 영령들에 대한 아름다운 경의(敬意)의 시적 승화이다. 우리는 이 세계 온갖 사상(事象)에서 소재를 택하여 시를 창작할 수 있다. 따지고 보면 새로운 시의 소재는 무궁무진하기 때문에 전쟁의 비극성을 극복하려는 시인의 건강한 의지를 통한 새로운 시의 오브제(object/프) 개발의 가능성도 잘 보여준 것이 이 작품이기도 하다.

천년을 숨겨온 불갑사 대웅전
빛 바랜 단청 빛
여래(如來) 묘법(妙法)이
아득히 숨어 있어
눈앞에 먼 빛으로 가슴에 안긴다

아득히 밀려오는 불갑산 자락
바람이 우수수 솔 향기 뿌리며
세월의 무상함을 알리는
옛 선사님의 부도탑
가슴에서 가슴으로 法을 전하며
한 시대의 마지막
생명의 본연을 깨닫게 하는구나

— 〈불갑사〉 전문

허남준 시인은 세련된 시각적 묘사 속에 오묘한 불법

(佛法) 이미지 처리로써 독자를 완전히 압도하는 빼어난 메타포의 테크닉을 보여주고 있다.

"아득히 밀려오는 칠갑산 자락/ 바람이 우수수 솔 향기 뿌리며/ 세월의 무상함을 알리는/ 옛 선사님의 부도탑/ 가슴에서 가슴으로 法을 전하며/ 한 시대의 마지막/ 생명의 본연을 깨닫게 하는구나"(제2연)라는 불교적인 진리 추구는 오늘의 불가항력적인 우리의 고도 산업화 사회의 다목적 산업이 빚어낸 혼란한 족적을 시인이 문명비평의 시각에서 불교적 정신으로 승화시켜 인생을 구원하려는 눈부신 시세계이기에 자못 감동적이다.

오늘의 많은 시의 소재가 진부하고 또한 매너리즘 (mannerism)에 빠진 틀에 박힌 유형적인 묘사에 치우쳐, 독창성이며 참신성이 결여되고 있는 것을 대할 때, 불도를 통해 삶의 본연을 의인화(擬人化)하는 솜씨를 잘 보여주고 있다.

노송도 잠들다 깨어난 새벽
도량천수(道揚千手) 염불소리
적막을 깨는데…

번뇌의 길목
불타의 자비는 미소로써 화답하는 것인가!

달도 저문 이 새벽
밤새 울던 풍경 소리도.

잠시 멈춘 산사
인연의 아픔을 안고
예불 드리는 산승의 발원은
촛불처럼 녹아 내린다

법당 안 부처님 앞
피어오르는 향불은
빈 가슴을 휘젓고
자기 몸을 태우는 촛불은
사바세계 어둠을 비질하고 있다

— 〈새벽 산사〉 전문

〈새벽 산사〉는 허남준 시인의 고통받는 사람들에 대한 릴리프(relief, 구원)는 어떻게 시적으로 가능한 것인가를 불교적으로 시도하고 있는 주목되는 좋은 작품이다. 다양한 시각적 표현의 영상미(映像美)는 우리 한국인의 오랜 불교 신앙이라는 전통 의식과 더불어 그 아름다움이 조화미를 빛내고 있다.

"달도 저문 이 새벽/ 밤새 울던 풍경 소리도/ 잠시 멈춘 산사/ 인연의 아픔을 안고/ 예불 드리는 산승의 발원은/ 촛물처럼 녹아 내린다// 법당 안 부처님 앞/ 피어오르는 향불은/ 빈 가슴을 휘젓고/ 자기 몸을 태우는 촛불은/ 사바세계 어둠을 비질하고 있다"(후반부)는 참으로 초인적인 시적 상상의 이미지가 승화되고 있다. 해맑은 에스프리(espri/프, 精髓)가 영롱한 아름다운 이미지들로 잘 엮

어졌다. 즉 "빈 가슴을 휘젓고/ 자기 몸을 태우는 촛불은 / 사바세계 어둠을 비질하고 있다"라는 이 작품의 눈부신 대단원을 이루고 있는 시적 로맨티시즘의 서정적 표현미 묘사는 뛰어난 시어 구사와 안정된 이미지가 조화로운 서정시다.

화자의 공감도를 드높여주는 메시지로 넘치는 이 작품은 불교적 구도시(求道詩)이며 모든 독자를 주목시키는 가편(佳篇)이다.

천년 역사를 간직한 넓은 도량
전쟁이 스치고 간 상처에 소멸(燒滅)되고
염연한 자취로 머물다 없어진 터에
복원된 사찰은
참배하는 이로 하여금
가슴 속 분노의 웅어리에
마음을 놓지 못하고
그리움의 옛 모습은 멀리만 보인다.

미복원된 가람(伽藍)터에
이름 모를 풀들은 역사의 표적으로
솟아오르고
세월을 모질게 이겨낸 불이문(不二門)
옛 모습 그대로 남아있는 유일한 건물
자꾸만 멀리서 갈라져 오는 소리
어둠에 묻히고 갈 뿐이다.

복원하다 허물어진 능파교(凌波橋) 옛터
옛 모습 갖추어도 메마른 계곡
그림자만 떨구어 멀어져 가고
보이지 않는 기억은 찾을 수 없이
남은 터에
무심히 드리우는 흰 구름에 물을 뿐이다

불이문(不二門) 밖에 있는 부도탑
포말처럼 부서지고 솟구치는 전쟁 속에도
의연이 위치하고
사원(寺院)을 가람하고 지킨다는
조사(祖師) 스님들은 뒤돌아 보면
역사의 인물로 전하고
세월의 숲속에서 기척 없이
불어오는 바람결에 쓸려 간 그리움이
하늘 가득이 넘쳐 흐르는 빛보라로
녹아내린다

— 〈금강산 건봉사〉 전문

민족 분단의 현장의 비극 속에 "천년 역사를 간직한 넓
은 도량/ 전쟁이 스치고 간 상처에 소멸(燒滅)되고/ 염연
한 자취로 머물다 없어진 터에/ 복원된 사찰은/ 참배하는
이로 하여금/ 가슴 속 분노의 응어리에/ 마음을 놓지 못
하고/ 그리움의 옛 모습은 멀리만 보인다"라는 오프닝
메시지는 불자에게 큰 아픔의 상념을 안겨준다. 전체적

으로 역동적인 청각과 시각적인 깔끔한 이미지가 돈보이는 공감각적 시세계를 전개하고 있다. 우리 시단은 오늘날 소재의 빈곤으로 새로운 시가 계속 기대되고 있는 터에 그런 견지에서 이 작품 같은 불교적 소재를 다루면서도 새로운 현대시의 실험 정신도 아울러 높이 사주고 싶다. 역사를 소재로 하는 현대시의 새롭고 뛰어난 메타포는 주목의 대상이 되지 않을 수 없다.

"복원하다 허물어진 능파교(凌波橋) 옛터/ 옛 모습 갖추어도 메마른 계곡/ 그림자만 떨구어 멀어져 가고/ 보이지 않는 기억은 찾을 수 없이/ 남은 터에/ 무심히 드리우는 흰 구름에 물을 뿐이다"(제3연)에서 화자는 "복원하다 허물어진 능파교(凌波橋) 옛터"라는 강력한 새타이어(satire)로써 민족사 분단의 삶의 아픔에 대한 심도있는 규명을 하는 독특한 시의 표현 수법으로 독자를 압도하고 있다. 더구나 존재적 센티멘탈한 감상성이 전혀 배제된 점 또한 감동적인 역편(力篇)이다. 짙은 서정미와 더불어 주지적인 시어 구사의 미감(美感)이 돈보이고 있다

새롭다는 것은 무엇인가. 현대시의 새로운 오브제(object/프)의 시미학적 대상 처리는 자못 신선하다. 지금까지 한국시단에서 수많은 분단과 전쟁시가 나왔거니와 우리는 한국 시문학사에 남길 만한 더욱 값진 시작품을 생산해 나가야 할 것임을 허남준 시집《산행》을 통해 고찰하게 된다. 앞으로 더욱 값진 시작업을 허남준 시인에게 기대하련다.

허남준 제4시집

산행

•

지은이 / 허남준
펴낸이 / 김재엽
펴낸곳 / **한누리미디어**
디자인 / 지선숙

•

121-840, 서울시 마포구 서교동 395-13 서원빌딩 2층
전화 / (02)379-4514, 379-4519
Fax / (02)379-4516
E-mail/hannury2003@hanmail.net

•

신고번호 / 제300-2006-61호
등록일 / 1993. 11. 4

•

초판발행일 / 2009년 4월 15일

•

ⓒ 2009 허남준 Printed in KOREA

•

값 8,000원

•

※잘못된 책은 바꿔드립니다.

•

ISBN 978-89-7969-334-8   03810